14672-3

Ke

LA
PEINTURE.
ODE
DE MILORD TELLIAB.

TRADUITE DE L'ANGLOIS

Par M. ***

Un des Auteurs de l'Encyclopédie.

A LONDRES,

1753.

AVERTISSEMENT

DE

L'ÉDITEUR.

JE ne dirai rien de cette Ode ni de son Auteur, c'est au Public à en juger. D'ailleurs ceux qui aiment le plus à loüer sont souvent ceux qui aiment le moins à l'être ; & je ne pourrois que déplaire à Milord en parlant ici de son Ouvrage. Tout ce qu'il m'a semblé, c'est que notre Peinture méritoit plus d'égards que se ne le persuadent certains Critiques, puisqu'un Etranger marque autant de goût & de sensibilité pour elle. Il paroît que cet Ouvrage a été conçu & rédigé dans le Salon ; & que son Auteur y avoit pénétré quelques jours avant qu'il fut ouvert au Public *. Ce seroit une prérogative peu

---

* Cet Ouvrage auroit paru dès-lors, sans les fausses allarmes de quelques Académiciens & différens obstacles qui en ont retardé l'impression.

A

AVERTISSEMENT.

commune, mais qui n'auroit rien d'étonnant en France, où l'on a pour les Etrangers toute la déférence & tous les égards qu'ils méritent. C'est aussi la considération particulière qui m'a engagé à entreprendre cette Traduction.

LA PEINTURE.

ODE

TRADUITE DE L'ANGLOIS.

LA

PEINTURE.

O D E

TRADUITE DE L'ANGLOIS.

I.

Es yeux s'ouvrent : j'abjure d'anciennes erreurs. Le plaifir de médire le céde à celui que produit dans moi le contentement, l'admiration & la joye. L'admiration paffe pour la vertu des fots ; mais ce n'eft qu'aux yeux de ceux qui ne fe fentent pas affez de talens pour l'exciter. Elle eft la marque des bons cœurs & des grandes ames. C'eft elle qui nous échauffe, qui nous tranfporte ; & nous communique le feu

& l'enthoufiafme qui vivent dans les chefs-d'œuvres qu'elle a produits. L'admiration qu'on éprouve à la vuë des grandes cho-fes femble nous acquérir un droit fur elles. La Fontaine admira Malherbe, & il fut Poëte.

I I.

J'ai vû, loin de la foule & tout à moi, j'ai vû fans prévention & fans égards, admis avec peu d'élus dans le Temple de la Peinture, & recueilli dans le plus pur de fon fanctuaire, les favantes merveilles qu'elle opère de nos jours ; & cès chefs-d'œuvres vivans, que nos Apelles ont exécutés fous fes yeux. Leur éloquence muette, mais pathétique, a frappé fur mon cœur tous fes coups. La voix fourde & bruyante du Public, ce corps entraîné en fens contraire par plufieurs têtes, dont chaque bouche ouvre autant d'avis diffé-rens, n'a point interrompu dans moi le le cri tendre du fentiment, & de la nature émue qui fe reconnoît.

I I I.

O hommes immortels ! & qui heureufement pour nous vivez encore, malgré ce titre fi exclufif; vivez! & que l'ame ingrate de quelques Citoyens obfcurs qui vous déprifent, que leur cenfure ou leur louange vous foient également indifférentes. L'une s'attache toujours aux objets qui les éblouiffent, & qu'ils s'efforcent en vain d'obfcurcir. L'autre, ils ne l'accordent qu'à ceux que la Parque jaloufe a enlevés de la vie; & auxquels, forcés par le torrent de la multitude, ils ne prodiguent enfin leurs éloges, que parce qu'ils mortifient des hommes eftimables qui leur furvivent, & qu'ils font bien fûrs que ceux à qui ils s'adreffent ne les fentent plus.

Critiques injuftes & barbares, puiffiez-vous être loués à ce prix!

I V.

Louons, mais pendant qu'il en eft tems, pendant que ceux qui reçoivent nos louanges peuvent y être fenfibles, & qu'elles peuvent fervir à réveiller le zèle utile de ceux à qui elles ne s'adreffent pas. Ou du moins, cherchons à réparer le filence (& peut-être) à corriger l'âpreté des difcours de ceux qui penfent feuls réuf-

A 3

fir, & qui ne fauroit fouffrir d'autres fuccès dans la même carrière. Détournons
des grands hommes les effets finiftres de
leur ambition. Oppofons une égyde aux
traits obfcurs que leur lance l'envie ; & ba-
lançons, s'il fe peut par nos fuffrages,
les dégoûts faftidieux, & l'ignorance pref-
que générale d'un Public toujours aveugle,
toujours incertain, ou toujours prévenu
dans fes jugemens.

V.

Rien n'égale mon enchantement ni mes
tranfports. Pureté de deffein, charme de
compofition, élégance de coloris ; abondance de caractères, attitudes nobles &
contraftées, grouppes favans & bien or-
donnés ; vérité, nobleffe, grandeur, expreffion ; tout concourt à rendre mon il-
lufion parfaite ; tout fufpend les facultés
de mon ame féparément, & les réunit.

V I.

Que de caractéres oppofés la Nature
sème ici-bas ; & qu'elle eft admirable fur-
tout dans cette variété ! C'eft auffi l'endroit par où l'art nous attache le plus.

Chacun aime à fe retrouver dans fon caprice & fes goûts. L'efprit lourd & populaire fe borne à un feul genre, & n'a point d'yeux pour les autres. L'efprit fuperficiel & inégal voltige indifféremment fur tous. Le Bel-efprit raifonne, & les difcute, fans les fentir. D'autres connoiffent les acceptions & les exceptions ; malheur à eux ! une grande ame les embraffe tous.

V I I.

Répond-moi, célèbre Chardin ! Quand la Peinture jaloufe, furmontant enfin ta philofophie & ta parèffe, peut te faire reprendre en main fes pinceaux, & tracer à loifir ces images de la Nature fi fincères, fi affectueufes, fi naïves, quelle magie, quel art, inconnu jufqu'à toi, peut diriger fon méchanifme enchanteur ? Tout plaît dans la décoration de tes Tableaux, leur fujet, & leur exécution. L'œil trompé par leur agréable légèreté, & la facilité apparente qui y regne, voudroit en vain, par fon attention & fes recherches multipliées, en apprendre d'eux le fecret : il s'abîme, il fe perd dans ta touche ; & lâffé de fes efforts, fans être jamais raffafié

de fon plaifir, il s'éloigne, fe rapproche ;
& ne la quitte enfin qu'avec le ferment d'y
revenir.

VIII.

Je vois à leur côté les productions d'un
homme d'efprit exercé dans le même genre. Un même fuccès ne répond pas à fes
vœux ; mais l'agrèment de fes penfées
fines & riantes, récompenfe affez ce que
l'expreffion (1) femble lui refufer quelquefois. D'ailleurs on fçait que l'Hiftoire eft
fon premier genre : ce n'eft que pour fe
délâffer qu'il traite des fujets badins &
familiers... On dira à l'avenir : Chardin
eft le la Fontaine de la Peinture, Jeaurat
en eft le Richer.

IX.

Un Athléte diftingué (2) daigne def-
cendre de fon genre, & badiner fava-
ment. C'eft un géant qui fe baiffe pour
habiter fous nos humbles toîts. Il fait que

(1) Ce mot, dans cet endroit, fignifie l'entente &
le coloris. On a retranché où font les trois points quelques cenfures qui ont paru déplacées.
(2) M. Hallé, Peintre d'Hiftoire.

les sujets simples font le charme des cabinets ; & son génie docile se rapetisse sans se rétrécir. Il n'a jamais peint des Tableaux Flamands, & ceux qu'on voit de lui seroient adoptés par les Peintres les plus vantés de cette Nation. C'est un Etranger qui se trouve dans une plage inconnue, & qui dès le lendemain, au grand étonnement de ceux qui l'environnent, parle la Langue du pays.

X.

Vanhuïsum est mort ; mais sa gloire & son nom ne mourront jamais. Ses Ouvrages nous restent, & feront le charme de la postérité la plus reculée. Oserai-je le dire ? Peut-être un jour cette postérité demeurera incertaine. Elle doutera entre les siens & ceux d'un Vanhuïsum François qui respire de nos jours. Le procès restera suspendu ; & ceux qui prendront sur eux de le décider, ne le feront probablement qu'au préjudice du Peintre leur Compatriote. Bachelier sera préferé en Flandres, Vanhuïsum à Paris.

X I.

Savant, sublime, ingénieux Oudry !

quels noms te donnerai-je ? Les éloges
font épuifés à ton fujet ; ils le font , &
depuis long-tems. Cependant ton Art en-
fante tous les jours de nouveaux prodiges.
Que ne peut notre Langue employer de
même (du moins en ta faveur) de nou-
velles expreſſions. Perſonne mieux que
toi n'a connu l'origine & les propriétés
de chaque choſe. Deſcartes eut renoncé
à fon ſyſtême en voyant tes Tableaux :
Bougeant eut écrit moins frivolement fon
Langage des Bêtes : Marſigly eut mis à
tes pieds toutes fes découvertes. Perſonne
n'a ſçû plus heureuſement que toi, ni plus
à propos, prendre la nature fur le fait ,
la vaincre , la dompter ; & foumettre à
nos yeux les fecrets de fes divines opé-
rations avec plus de force , plus de choix ,
plus de caractère & de vérité.

X I I.

Tant de talens , & ſi peu flatés , me
rappellent cet Artiſte qu'on a vû trop
long-tems triompher fur les bords du Ti-
bre , & que Paris déformais fe promet de
voir repoſer dans fon fein. Que de lauriers
il rapporte de ces bords jaloux ! & qui

pourra jamais croire qu'une feule main en ait tant cueillis ? Que de naturel ! quel feu ! quelle verve & quelle abondance ! Vernet unique dans fon genre, laiffe bien loin derrière lui tous ceux qui l'ont précédé dans la même carrière ; & fait le défefpoir de quiconque ofera le fuivre. A la fougue épurée des Vander-Cable, au naturel exquis des Lorrain, il joint tout l'efprit, toute la correction, & la touche ferme & faillante des Salvator (1). Auffi Poëte, mais fur-tout plus intéreffant que ce dernier, jamais le cœur ne refte indifférent à la vûe de fes Tableaux : il fe trouble comme l'élément en fureur qu'ils repréfentent ; il efpère, il craint avec ceux qui luttent contre les flots amers, prêts à les fubmerger ; il fe brife de douleur à l'afpect de ceux que leur trifte fort en a rendu la victime. Quelquefois auffi, plus tranquille, mais non plus content, il goûte en paix fur le rivage, avec de moins infortunés, les délices du Port.

(1) Ces trois Peintres, très-renommés, ont fait d'excellentes Marines.

XIII.

Quelle aimable variété dans les talens !
& quelle fageffe la Nature fait paroître
dans leur différente diftribution ! Quels
éloges fur-tout ne méritent pas ceux qui
favent reconnoître le leur propre, & s'y
attacher ! Je vois des portraits qu'Apelles
eut admirés. Ce grand homme, dit l'Hif-
torien de la Nature, exprimoit diftincte-
ment, dans l'image de ceux qu'il repré-
fentoit, l'âge, le tempérament, l'efprit,
l'humeur, les paffions & le caractère. La
Tour eft l'Apelles de nos jours. La Tour
femble ravir à ceux qu'il peint l'efprit qui
nous enchante dans leurs Ouvrages. Son
art réunit le double avantage d'exprimer
également bien l'efprit & la beauté, qua-
lités fi incompatibles quelquefois dans la
nature. La beauté fous fes crayons en-
chanteurs, loin de perdre rien de fa fleur,
femble acquérir au contraire de ces graces
naïves & ingénues qui en font le plus
grand charme. Il fçait par fon tact fubtil
& magique, faifir & fixer le fel volatil de
l'efprit, fi facile à s'évaporer des mains de

qui que ce foit, & de ceux même qui le poſſédent.

XIV.

J'admire encore la touche ferme & vigoureuſe des Toqué, le mérite pittoreſque des Perronneau , la ſincérité naïve des Aved , la ſomptueuſe magnificence des Nattiers. (Les efforts généreux de ceux qui parcourent avec ſuccès la même carriére ne m'échappent point.) Ces deux derniers ſemblent ſe rencontrer exprès pour former entr'eux le plus parfait contraſte. L'un nous retrace dans ſes beautés ſolides & vraies la marche égale & prudente du Batave conſtant , dont l'inſtinct éclairé ne ſe dément jamais. L'autre nous repréſente dans ſes Tableaux tout le faſte & l'orgueil de la Nation Françoiſe (1) ; cet éclat, cette envie de briller ſi marquée qui la caractériſe. C'eſt avec raiſon qu'un Poëte (2) dans ces Vers lui donne le titre flateur de Peintre de la Beauté : heureux, ſi comme elle , il ne fardoit trop ſouvent ſes charmes ingénus, pour la revêtir

---

(1) C'eſt un Anglois qui parle.
(2) On ne connoît point ce Poëte.

d'ornemens ambitieux qui la déparent.

XV.

Je plains la dure sujéttion où les Arts
font réduits. Quelle extrême tyrannie l'a-
mour-propre n'exerce-t'il pas fur les Peintres, fur-tout lorfque ce font des femmes
qui la leur font fentir! Telle veut fe contempler dans un Tableau, parce qu'elle
ne peut fe regarder dans un miroir. Ses
mains diligentes ont devancé l'Aurore
pour apprêter le charme qui doit fafciner
les yeux du Peintre. On fe contente de
blanchir un mur qui auroit befoin d'être
relevé jufques dans fes fondemens. La cé-
rufe & le fard font employés : on fe tient
fur la défenfive : le Peintre paroît ; & quel
étonnement pour lui ! il faut qu'il fe ré-
duife à copier fervilement un Art groffier,
lorfqu'il s'attendoit à imiter la nature.

XVI.

Mais tôt ou tard cette nature perce,
(elle eft trop jaloufe de fes droits!) l'Art
lui céde, le Peintre lui obéit ; entraîné
par un pouvoir fupérieur, il fe livre à
elle, quoique malgré lui, il la fuit, il

l'épie jusques dans ses derniers retranche-
mens, & où elle paroît comme expirante.
Cydalise qui remarque sa complaisance
avec plaisir, & qui étudie tous ses mou-
vemens, lit trop d'amour dans ses yeux,
se croit rajeunie ; elle veut se voir ! Le
Peintre s'y oppose ; sa curiosité l'emporte,
elle se voit : mais trop affreuse, ou (le di-
rai-je) trop ressemblante pour se reconnoître.

X V I I.

Dieux ! que voulez-vous dire ? est-ce
bien moi ! quels yeux ! quel front ! quelles
joües pâles & inanimées ! Est-ce donc en
tuant les gens que vous leur donnez l'im-
mortalité ? Vous ne m'avez point vûe,
Monsieur, où vous songiez à d'autres en
me voyant. Allons bien vîte, raccommo-
dez-moi tout ceci : prenez votre palette,
vos pinceaux : mais rèvai-je ! je n'y
apperçois ni rouge , ni bleu, ni blanc.
Est-ce donc que vous me croyez dénuée
de toutes ces choses ? Regardez-moi bien,
Monsieur, car je suis lasse enfin de me
tenir. Remarquez bien mes yeux qui sont
une fois plus grands que ceux que vous me

donnez, ma bouche vingt fois plus pe-
tite, mes joües plus vermeilles… eſt-ce
tout ? le Peintre écoute: on parle toujours.
Il retranche, il corrige ; Cydaliſe approu-
ve, condamne, ou réforme à ſon choix.
Cydaliſe en un mot dicte au Peintre ſon
portrait, article par article, comme elle
doit dans peu dicter au Notaire ſon Teſ-
tament.

XVIII.

Ne vous aſſujétiſſez point à ces capri-
ces, Peintres auſtères & peu complaiſans.
Que votre génie ſe déploye tout entier
dans l'Hiſtoire : c'eſt un champ libre, plus
vaſte, & moins dépendant. Là vous êtes
les maîtres de produire au hazard & d'at-
tribuer ſans choix à vos perſonnages des
traits bizarres & chimériques, enfans de
vos idées & de votre imagination. Les
paſſions diverſes exigent de vous différens
caractères ; & les beautés anciennes ne
nous ont point laiſſé de mémoires. Là
vous pouvez enlaidir, & même défigurer
impunément Athalie, Jéſabel & *Eſther*.

XIX.

Savant Teſrout, perſonne n'a connu
mieux

mieux que toi tout l'avantage de ce privilége, ni n'en a ufé plus abondamment. Digne neveu du Turpilius moderne, ta main fous lui s'eft exercée à mouvoir fans effort les plus grandes machines. Rien n'égale la fierté de ta touche & de ton deffein : tes airs de tête fe fentent de fa fureur. Mais bien différent de ces Peintres modernes qui cherchent à flater un fexe foible & le vain pouvoir que nous lui attribuons jufque dans la repréfentation des événemens les plus reculés, ton génie brufque & inventif n'a jamais ployé fous cette fervitude. Dans eux, c'eft le triomphe de la beauté, dans toi c'eft celui de la Grace que nous admirons... Je reconnois dans tes Tableaux l'ordre admirable de fa Providence. Ce font-là les inclinations dignes de fixer l'amour permanent de nos Patriarches ; ce font-là les beautés *mâles*, feules dignes de figurer dans l'Ancien Teftament.

X X.

On peut parvenir aux honneurs de fon art par des chemins différens. Les ris & l'amour en ont frayé la route au Corrége moderne.

B.

Sa main cüeille des roses où les autres ne rencontrent que des épines. Quel feu, que d'esprit, quelle onction & quelle harmonieuse aisance ! Platon jadis accusoit certains Philosophes de n'avoir jamais sacrifié aux Graces ; je n'ose faire aux Peintres François le même reproche ; mais Boucher ne l'encourra jamais. Son imagination vive & abondante ne s'est point bornée à ce nombre : Boucher en connoît plus de trois : ses yeux ont vû plus d'une Vénus : Il semble, dans ses rêveries tendres & passionnées, que ce Peintre privilégié ait assisté à tous les mystères de l'amour.

XXI.

Paroissez, esprits froids & jaloux, détracteurs chagrins des talens qui nous enchantent ; osez contempler dans sa course cet astre brillant & lumineux ; osez l'envisager, osez le suivre ! Semblable aux Divinités de l'Olympe, lorsqu'elles daignent se manifester aux hommes, il emprunte de nous les dehors foibles de l'humanité ; il tempère son éclat vainqueur pour ne point blésser vos débiles regards (1). Admirez les tranfports de cette noble Poëfie, que peut-être même vous ne foupçonniez pas. Refpectez d'immortels ouvrages ; & bien loin d'entreprendre d'en ternir l'éclat par votre foufle impur, vènez y puifer comme à fa fource ce feu qui vous manque.

XXII.

Quel génie naîffant (2) fe déploye tout à coup & nous étonne par fa véhémence & fes tranfports ! O cendre de PARROCEL, eft-ce toi qui te ranimes ?.... Mais non : cet Artifte fit affez pour fa gloire. N'accufons point la France de ftérilité ; les grands Hommes y font communs, fi les protéctions y font rares. Un rameau d'or enlevé de fon tronc fertile, il en réparoit bien-tôt un autre, plus vermeil & plus floriffant. Nation chérie des Dieux ! Terroir fertile ! quel bonheur eft le tien ! Sous un ciel pur & fans nuage, ton fein heureux fécondé par la Nature, s'ouvre fans

(1) Tout homme eft faillible. On ne peut relever avec plus de décence le défaut de couleur, fi reproché à M. Boucher.
(2) Le fieur de la Rüe.

B 2

peine aux plus riches productions. Tu
portes dans toi les alimens les plus purs de
la vie, & le germe brillant des Arts. Un
ASTRE FAVORABLE te réjouit par son afpect. Nul obstacle ne t'environne. Tu n'as
à combattre que l'ingratitude de tes Citoyens.

XXIII.

Trois Rivaux (1) s'élancent de la bar-
rière, tous trois animés du même feu.
L'un profond, exercé & maître de son
pinceau, dédaigne de médiocres succès,
& paroît fait pour les plus grandes ordon-
nances. L'autre semble défier dans la fougue de sa composition, & par les mor-
ceaux d'Architecture les plus brillans,
Jean Paul, Bibiena & Pirraneze. Un
troisième les suit avec activité, il les prèsse ;
& se voit sur le point de les atteindre.
C'est avec une joye mêlée de sensibilité,
que nos yeux se tournent sur ces jeunes
Concurrens, qu'ils regardent comme des
Vainqueurs. Chacun rapproche le terme
& la récompense qu'ils se proposent. Tous
trois semblent faits pour se couronner des

(1) MM. Vien, Challes & le Lorrain.

mêmes lauriers, tous trois font dignes de partager entr'eux la même couronne & les mêmes honneurs.

XXIV.

Un Athléte fier & majeftueux s'avance. Il marche, dédaigneux de courir, il marche ; & le dernier de fes pas doit remplir la carrière. Sa main triomphante femble lever le rideau qui jufqu'à nous avoit paru voiler la nature. Il découvre à nos yeux les tréfors dont les différentes faifons ont coutume de l'enrichir. C'eft des mains même de cette Déeffe qu'il tient fes pinceaux : elle femble fe plaire moins dans fes propres productions que dans fes Ouvrages. Elle s'y trouve auffi fimple, auffi vraie, auffi touchante, & de plus embellie. Son génie actif & puiffant parcourt à la fois la mer, la terre & les cieux. C'eft dans l'Olympe qu'il prend ces traits riches & lumineux dont il releve notre humanité & la décore. Il ofe repréfenter tour à tour & de leurs vraies couleurs les plaifirs & la majefté des Dieux, demi-Dieu luimême. Ce n'eft ni le Corrége, ni le Titien, ni Rubens ; c'eft Vanlo.

X X V.

Je cherche dans ces lieux un Génie
prématuré que les Arts ont enlevés au
monde, & que le monde voudroit enle-
ver aux Arts. Je m'informe, je parcours,
& je demande vainement à voir, à ad-
mirer (au moins) quelques traits de ſes
pinceaux immortels. On me répond : Les
Dieux nous le cachent pour nous le rendre enſuite avec plus de ſplendeur. Admis
dans leur aſſemblée céleſte, il y puiſe ce
feu, cette majeſté, cette onction ſublime,
qu'il doit bien-tôt répandre au profit & à
l'étonnement des mortels. Bien-tôt il va
paroître environné d'une nouvelle lumiè-
re. Quel œil ſoutiendra la majeſté de ſon
front ! ſon éclat vainqueur va frapper &
confondre ſes Rivaux.

F I N.

L'HARMONIE,

ODE.

L'HARMONIE,

O D E ;

Par M. DE SAINT-MARCEL,

Garde du Corps de Mgr le Comte
D'ARTOIS.

Verba loquor focianda chordis. Horat. Ode IX. Lib. IV.

A PARIS ;

Chez MONORY, Libraire de S. A. S.
Mgr le Prince de Condé, rue de la
Comédie Françoise.

M. DCC. LXXVII.

L'HARMONIE,

ODE.

EST-CE-TOI, puissante Harmonie,
Dont je sens les divins transports !
Est-ce-toi, qui, de mon génie,
Ranime les foibles-refforts ?
Ton charme a passé dans mon âme :
D'une douce & rapide flamme,
Tous mes esprits sont agités.
C'en est fait ? tout ce qui respire
Va connoître aux sons de ma Lyre
Le Dieu qui me les a dictés.

EN vain la Nature fommeille,
Au fein d'une effroyable nuit;
A ta voix, elle fe réveille,
Et le vafte filence fuit.
Les fleurs naiffent. Le Ciel s'épure.
Les ruiffeaux, par leur doux murmure,
Témoignent leur raviffement,
Et les Oifeaux par leur ramage,
Portent, de rivage en rivage,
Le plaifir & le fentiment.

NUL être dans l'efpace immenfe
N'échappe à ton heureux lien.
Tout eft foumis à ta puiffance,
L'empire du monde eft le tien.
Tu parles, Dodone s'anime.
Les Monftres du profond abyme,

S'empreffent autour d'Arion.
Les cailloux prenant des entrailles,
Viennent s'élever en murailles
Aux tendres accens d'Amphion.

C'EST par un prodige auffi rare
Qu'aux premiers jours de l'Univers,
Tu fis fortir l'homme barbare,
Du fond de fes affreux déferts.
Tiré de fon repos ftérile,
L'homme à l'homme devint utile,
Tu polis, tu créas fes mœurs.
Cérès fut alors plus féconde;
Et les premiers Chantres du monde
Furent fes premiers bienfaiteurs.

QUELS font les guerriers que Bellonne
A vu reculer dans fes champs ?
De ton fein, ô Lacédémone,
Sort-il donc de lâches enfans ?
Mais que dis-je ? l'ardent Tyrthée
Souffle en leur âme épouvantée,
Le feu que refpirent fes Vers :
Il ranime leur noble audace,
Comme le Chantre de la Trace,
Calme le courroux des Enfers.

UN digne fils du Dieu du Pinde,
Par des charmes auffi puiffans,
Soumet le Conquérant de l'Inde,
Au caprice de fes accens.
Tantôt, Alexandre s'agite ;
De fon courage qui s'irrite

Rien ne peut arrêter les flots ;
Et tantôt oubliant les armes,
Il soupire, il verse des larmes ;
Le Chantre est vainqueur du Héros.

MAIS pourquoi chercher des exemples
Parmi des siecles merveilleux ?
Combien dans ses magiques Temples *
L'Harmonie en offre à nos yeux ?
Tout y parait, Déserts, Campagnes,
Palais, Hameaux, Vallons, Montagnes,
La Terre, les Mers, & les Cieux.
La Foudre y gronde, l'Enfer s'ouvre,
A nous l'Olympe s'y découvre,
Ses Ministres sont tous des Dieux.

---

* L'Opéra & les Italiens.

HEUREUX bords qu'arrofent la Seine,
Le Ciel vous comble de fes biens ;
Aux triomphes de Melpomene,
Euterpe veut joindre les fiens.
Si l'Auteur immortel d'Horace, *
A Voltaire cede fa place ,
Tel Rameau ** revit aujourd'hui ,
Qu'aux fons plaintifs d'Iphigénie ,
Tous les Chantres de l'Aufonie
Brifent leurs Siftres devant lui.

TRISTES avortons du Génie ,
Ariftarques froids & jaloux ,
Qui conteftés à l'Harmonie
La puiffance qu'elle a fur nous ?

_____

* Corneille.
** Le Chevalier Gluck.

Couverts d'aciers impénétrables,
Si jamais vos cœurs implacables
N'éprouverent de doux tranſports,
Que la Nature vous inſtruiſe,
De l'erreur qui vous tyranniſe,
Sa voix détruira les efforts.

VOYEZ cet enfant que ſa mere
S'efforce de calmer en vain ;
Fronce-t-elle un ſourcil ſévere,
Les plaintes redoublent ſoudain.
Chante-t-elle, l'enfant s'appaiſe.
Que dis-je, il en treſſaille d'aiſe,
Il veut bégayer ſes chanſons.
Ainſi l'oiſeau qui vient d'éclorre
Sous l'aîle qui le couvre encore
S'eſſaye à répéter des ſons.

VOYEZ ſous l'ombre de ces Hêtres,

Les Habitans de nos Hameaux ,

Célébrer leurs plaiſirs champêtres,

Aux ſons des légers chalumeaux.

Aux cris joyeux qui ſe confondent

Les Échos des vallons répondent;

Et l'allégreſſe en cet inſtant,

Efface au fond de leurs penſées,

L'empreinte des peines paſſées,

Et de celle qui les attend.

QUELS maux ne rend point ſupportables

Du chant l'invincible pouvoir ;

Eſt-il des cœurs ſi miſérables,

Qu'il n'endorme au ſein de l'eſpoir?

Au milieu d'un déſert aride,

Le Voyageur pâle & timide,

Chasse l'ennui par des Concerts,
L'Esclave chante sa misere,
Et par ses accords il fait taire
Le bruit de ses indignes fers.

TELLE, durant la nuit obscure
La Muse plaintive des bois
Attendrit toute la Nature,
Par les doux accens de sa voix.
Pour l'entendre exhaler sa peine,
Phébé plus lentement promène,
Son Char émaillé de saphirs,
Et l'Amante du beau Céphale,
Quitte la rive Orientale
Au bruit de ses tendres soupirs.

LORSQUE de jaloufes ténèbres,
Couvrirent l'éclat de tes jours,
Et que de fes pavots funèbres,
L'ennui vouloit femer leurs cours,
Des Mufes fublime interprète,
Milton, qui garantit ta tête
Du joug de ce monftre odieux ?
Tu chantas. Tes yeux fe rouvrirent.
Sur tes pas les rofes naquitent
Tu bus dans la Coupe des Dieux.

O vous dont la grande âme afpire,
A vivre au loin dans l'avenir,
Aimez ceux que Phébus infpire,
D'eux feuls vous pouvez l'obtenir?
Sçauroit-on que le fils d'Alcmene,
Ou les vaillans frères d'Hélene

Eurent des Autels autrefois;
Si quelqu'un foigneux de leur gloire,
Dans des Chants dignes de mémoire
N'avoit enchaîné leurs exploits.

MAIS puiffiez vous, mortels fauvages,
Que le chant ne peut attendrir
Tranfportés fur d'affreux rivages,
Dans votre erreur vivre & mourir :
Pour moi, je vais, rival d'Horace,
Faire retentir le Parnaffe
D'accens jufqu'ici peu connus ;
M'écriant avec Pythagore,
Loin tous ceux dont le cœur ignore
L'art des Orphée & des Linus,

FIN.

Lû & approuvé, ce 21 Février 1777.
DE SAUVIGNY.

Vû l'Approbation, permis d'imprimer
ce 28 Février 1777. LE NOIR.

De l'Imprimerie de CAILLEAU.